A Lesson on Gratitude

Una Lección de Gratitud

By: Por: **Lindsey Lee Lamb**

Illustrated by: Ilustraciones de: **Stephanie de la Cruz**

This book belongs to:
Este libro pertenece a :

FIRST EDITION October 2020

Book translation by Rafael Nieves
Book illustrations by Stephanie de la Cruz
Illustrations dedicated to Joy de la Cruz and Reef

Special thanks to Tamara Beach, Sarah Woods and Anaid McDonald.

ISBN 978-1-7355643-0-2 (paperback & ebook)

Published by Lindsey Lee Lamb Books
www.lindseyleelamb.com

**For Harper,
may you always find joy and stay curious.
I love you.**

**For Bella,
your spunky spirit will never be forgotten.**

It's morning! I wake with a big yawn.
My parents must not know it's dawn.

¡Es la mañana! Me despierto con un gran
bostezo. Mis padres seguro aún no saben
que ha amanecido.

I walk down the hall and wake them up. I remind them we must let out my Pup.

Camino por el pasillo y los despierto. Les recuerdo que debemos dejar salir a mi Pup.

A morning we don't walk Pup is rare. And today I'll make her a panda bear!

Una mañana en la que no saquemos a pasear a Pup es extraña. ¡Y hoy la convertiré en un oso panda!

I'm tired of Pup, as you can tell. So, I'll blow bubbles on her as a spell.

Estoy cansado de Pup como puedes ver. Así que le soplaré burbujas como un hechizo.

**Voila! A panda she will become, and I'm
sure our walk will be more fun.**

¡Voila! Se convertirá en un panda, y estoy
seguro de que nuestro paseo será más divertido.

**After breakfast, we head outside.
We set up my stroller for a ride!**

Salimos después del desayuno.
¡Preparamos mi cochecito para un paseo!

Mom grabs Pup's leash and looks around. Of course, Pup is nowhere to be found! Instead, there sits a large panda bear. My parents leash her without a care!

Mamá agarra la correa de Pup y mira a su alrededor. ¡Por supuesto, Pup no está por ningún lado! En su lugar se sienta un gran oso panda. ¡Mis padres la atan con correa sin cuidado!

**We start our walk and I'm so excited!
I'm sure my new panda is also delighted.**

¡Comenzamos nuestro paseo y estoy tan
emocionado! Estoy seguro de que mi nuevo
panda también está encantado.

However, soon things take a funny turn. Panda has walking etiquette to learn. We pass a neighbor's house with trees. The look on Panda's face says, *"Yes, please!"*

Sin embargo, pronto las cosas toman un giro divertido.
Panda tiene que aprender la etiqueta de caminar.
Pasamos por delante de la casa con árboles de un vecino.
La mirada en la cara de Panda dice: *"¡Sí, por favor!"*

Without warning, Panda climbs up quick. My parents seem unimpressed with her trick.

Sin avisar, Panda escala rápido. Mis padres no parecen impresionados con su truco.

She sits there awhile, looking around. Soon, she realizes there is no bamboo to be found!

Se sienta un rato, mirando alrededor. ¡Pronto se da cuenta de que no hay ningún bambú!

Down she climbs with a frown on her face. Off to the next tree we race!

Se baja con el ceño fruncido. ¡Así que corrimos al siguiente árbol!

We do this our entire walk, you see. Finally, the leash breaks and Panda is free!

Hacemos esto durante todo el paseo, como ves. Finalmente, ¡la correa se rompió y Panda es libre!

To get Panda home takes quite a while… so long that Mom, Dad, nor I can barely smile.

Llevar a Panda a casa lleva bastante tiempo…. Tanto tiempo que mamá, papá y yo apenas podemos sonreír.

Once home, an idea pops in my head. *I'll blow bubbles on Panda so Pup's here instead!*

Una vez en casa me viene una idea a la cabeza. *¡Le soplaré burbujas a Panda para que Pup esté aquí en su lugar!*

Thank goodness our Pup is back!
Now our walks will be back on track.

¡Gracias a Dios que nuestro Pup ha vuelto! Ahora
nuestros paseos volverán a ser como antes.

Pup's walking etiquette surpassed Panda's by far. Panda's behavior was not up to par.

La etiqueta de caminar de Pup superó con creces la de Panda. El comportamiento de Panda no estuvo a la altura.

When our walk is done, we look at each other and smile. Our walking adventure this morning was pretty wild.

Cuando terminamos nuestro paseo, nos miramos y sonreímos. Nuestra aventura de esta mañana fue bastante salvaje.

Turning Pup into something else tomorrow would be a breeze. But I'd rather have our family walks go with ease.

Convertir a Pup en otra cosa mañana sería pan comido. Pero prefiero que nuestros paseos familiares sean fáciles.

Changing Pup made me realize I love her a lot. I think it's important to appreciate what you've got.

Cambiar a Pup me hizo darme cuenta que la amo mucho. Creo que es importante apreciar lo que tienes.

Want to practice gratitude with me?

¿Quieres practicar la gratitud conmigo?

Gratitude

My name is _____

Today I felt

Today the weather was

The best thing about today	Today I learned

Today I struggled with	Today I helped

I am grateful for

Gratitud

Mi nombre es _____

Hoy sentí

Hoy el clima fue

Lo mejor de hoy

Hoy aprendí

Hoy me costó

Hoy ayudé

Estoy agradecido por

Gratitude

My name is _____

Today I felt

Today the weather was

The best thing
about today

Today I learned

Today I
struggled with

Today I helped

I am grateful for

Gratitud

Mi nombre es _____

Hoy sentí

Hoy el clima fue

Lo mejor de hoy

Hoy aprendí

Hoy me costó

Hoy ayudé

Estoy agradecido por

Made in the USA
Coppell, TX
20 January 2021